RECHERCHES

SUR

UNE MAISON DE PARIS

OÙ DEMEURA MALHERBE

PAR

JULES LAIR

ANCIEN DIRECTEUR DE LA SOCIÉTÉ DES ANTIQUAIRES DE NORMANDIE.

CAEN

HENRI DELESQUES, IMPRIMEUR-ÉDITEUR

RUE FROIDE, 2 ET 4.

1899

RECHERCHES

SUR

UNE MAISON DE PARIS

OÙ DEMEURA MALHERBE

PAR

JULES LAIR

ANCIEN DIRECTEUR DE LA SOCIÉTÉ DES ANTIQUAIRES DE NORMANDIE.

CAEN

HENRI DELESQUES, IMPRIMEUR-ÉDITEUR
RUE FROIDE, 2 ET 4.

—

1899

RECHERCHES

SUR

UNE MAISON DE PARIS

OU DEMEURA MALHERBE

———•○•———

Monsieur le Directeur,
Mesdames,
Messieurs,

Un concours fortuit de circonstances favorables m'a tout récemment apporté l'indication exacte de la maison de Paris où notre Malherbe habita longtemps, à partir de 1606 jusqu'en 1627, de la maison où l'illustre poète a composé une grande partie de ses œuvres.

J'ai pensé que cette petite découverte n'était pas indigne de l'attention d'un public caennais, et je vous demanderai la permission de vous la présenter brièvement.

La communication d'ailleurs est assez opportune.

En effet, une affiche placardée tout récemment sur les murs du 1ᵉʳ arrondissement annonce l'expropriation et la démolition d'un groupe de maisons situées rue Croix-des-Petits-Champs. J'avais intérêt à examiner le projet. Instinctivement, je l'ai étudié à l'aide de plans anciens en ma possession, les uns gravés, les autres manuscrits. Un nom porté sur l'excellent plan de Berty attira mes regards, celui de l'Image Notre-Dame (1).

Or, nous savons par la correspondance de Malherbe, qu'il logeait *rue des Petits-Champs, à l'Image Notre-Dame, devant la Croix.*

De plus, dans une de ses lettres, où il rend compte d'un combat singulier qui eut lieu rue Saint-Honoré, il a dressé une sorte de plan du quartier, plan reproduit par MM. Miller et Lalanne (2). Seulement, si le poète était bon aligneur de rimes, son talent en géométrie ne parait pas avoir dépassé la médiocrité. Pour lui, les rues les plus tortueuses deviennent rectilignes, comme si le baron Haussmann eût déjà passé par là. Il supprime celles qui lui semblent inutiles à sa démonstration. Bref, si on ne possédait que le dessin de ce *bon peintre*, c'est ainsi qu'il se qualifie, on placerait son logis du côté gauche de la rue Croix-des-

---

(1) A. Berty, *Topographie hist. du vieux Paris*, I, plan n° V. Le plan indique bien le nom de l'*Image*, mais la mort du savant antiquaire ne lui a pas permis d'y joindre une explication. — Cette enseigne pendait devant de nombreuses auberges, dans le même quartier.

(2) Lettre III, (12 janvier 1613), *Œuvres*, III, 282.

Petits-Champs, en se dirigeant vers la rue Saint-Honoré, ce qui serait absolument le contraire de la vérité.

Un savant professeur de la Faculté de Poitiers, M. Arnould, vient de publier sur Racan une thèse très substantielle, pleine de recherches heureuses et d'aperçus ingénieux (1). Il s'y est occupé du maître de son auteur, et à cette occasion il a publié un plan du quartier où habitait Malherbe. Mais M. Arnould a en vain cherché l'emplacement du logis de l'*Image Notre-Dame*, ce qui l'a obligé à n'en donner qu'une indication approximative, au milieu de la rue.

J'espère avoir été plus heureux, sans prétendre à plus de mérite. La maison cherchée se trouvait à quelques mètres de celle où je travaille depuis dix ans. Je vais essayer de vous rendre la désignation aussi claire que possible.

Cela m'aurait été plus facile autrefois. Les diligences de Caen, Lafitte et Caillard, Petit-Loisel, descendaient dans ce quartier, l'une rue du Bouloi, l'autre rue Coq-Héron, à deux pas de la rue Croix-des-Petits-Champs. Mais on compte aujourd'hui ceux qui, comme moi, sont venus en diligence à Paris.

Prenons d'abord la désignation donnée par Mal-

(1) *Racan*, par L. Arnould, chargé du cours de littérature française à l'Université de Poitiers. Paris, Armand Collin, 1896.

herbe : *rue des Petits-Champs, en face la Croix* (1).
Comme le nom l'indique, ces Petits-Champs avaient
été une sorte de campagne aux portes de Paris, dont
l'enceinte suivait alors le tracé de la rue Grenelle-
Saint-Honoré, tout près de la barrière des Sergents.

C'est donc sans étonnement que dans ce pays
de maraichers, on trouve une croix appelée Croix-
Étienne-de-Bon-Puits. Dans la maison portant, sur
la rue Croix-des-Petits-Champs, le numéro 16, il
existe encore un puits, commun à deux immeubles (2).

Était-ce le bon puits d'Étienne? Je ne sais ; mais
la croix était placée non loin de là, au centre
de la place située à l'angle des rues des Petits-
Champs et du Bouloi. Figurez-vous, mais en moins
grand, notre place Malherbe, ou place Belle-Croix.
Le poète caennais devait y retrouver quelque souvenir de sa ville natale.

La Croix, dite d'Étienne, surmontait un piédestal
rond et en façon de degrés. On la voit encore sur
les plans de Paris, par Mathieu Mérian (1615), par
Tavernier (1630), par Jean Boisseau (1654).

A trait de temps, la circulation augmentant, ce

(1) Je suis logé à la rue des Petits-Champs, devant la Croix,
à *l'Image Notre-Dame.* Lettre, 9 nov. 1606. *Œuvres de
Malherbe*, III. 15, éd. Lalanne. — La rue Croix-des-Petits-
Champs s'appelait alors rue des Petits-Champs.

(2) V. plan cadastral gravé du quartier de la place des Vic-
toires.

petit monument parut encombrant; on le déplaça. Les plans de Gomboust (1662) et de Turgot, montrent déjà la Croix sans piédestal, et rapprochée des maisons.

Elle y resta jusqu'en 1793. Aujourd'hui les maisons subsistent encore, mais de la Croix, il ne reste que l'enseigne d'un marchand de vin qui occupe une des deux boutiques de l'angle formé par la rue Croix et la rue du Bouloi. Cette enseigne, comme on en voit encore dans les campagnes, est figurée par une croix peinte en blanc entre ces mots : *A la + blanche.*

C'est tout ce qui reste de la Croix des Petits-Champs. Dans un an ou deux, l'enseigne elle-même aura disparu, à moins que le futur occupant n'ait quelque souci de conserver cet ancien souvenir.

Retenons de ce qui précède : 1° qu'au temps où Malherbe habitait ce quartier, la Croix se tenait encore sur son piédestal, à deux ou trois mètres des maisons d'angle ; 2° qu'il ne saurait être question du côté de la place où l'on a ouvert le passage Véro-Dodat, côté occupé avant 1616 par l'hôtel d'Aubray.

A la rigueur, cela suffirait pour déterminer approximativement la situation de l'auberge de l'*Image Notre-Dame* à l'ouest de la rue ; mais on peut faire mieux et arriver à la précision absolue, au mètre près.

En 1793, le quartier subit une grande modification. On confisqua les biens de ce chapitre Saint-Honoré, qui avait donné son nom à la rue que chacun connaît. Ce domaine s'appelait au XIIIe siècle fief des Treize-Arpents. Puis, la prospérité sans cesse croissante du quartier avait décidé les chanoines à louer leurs façades, et ce développement de la propriété séculière avait quelque peu étouffé l'église, le cloître et le cimetière. Entre tous les biens nationaux, le cloître fut un des plus recherchés. Dès 1790, l'église fut démolie et on proposait de prolonger la rue du Pélican. Mais en l'an X, les consuls modifièrent le projet et arrêtèrent le tracé d'une rue coupant la propriété des chanoines, et allant de la rue Croix jusqu'au Palais-Royal, à l'entrée de la cour des Fontaines. En même temps, on décidait de donner à cette rue le nom illustre de Montesquieu ; on ne savait alors pas que Malherbe eût demeuré là.

Cet arrêté des consuls fut fatal à la maison de l'*Image Notre-Dame* qui, certainement, avait été reconstruite et n'était plus exploitée comme auberge. Elle se trouvait mitoyenne, au nord, avec un petit terrain étroit, long d'une toise et demie, où l'on voit aujourd'hui la boutique d'un boulanger, et au midi avec une maison du chapitre Saint-Honoré. Elle possédait sur la rue Croix-des-Petits-Champs six toises et demie de façade, environ treize mètres. Deux mètres au moins ont disparu dans le percement de la rue Montesquieu.

A en croire certains plans anciens, les dépendances de l'*Image* formaient hache et enveloppaient une autre maison du chapitre. Ce terrain est celui où s'élève la boucherie Montesquieu, à deux pas du grand immeuble du restaurant Montesquieu.

Sur la rue Croix reste la plus grande partie de l'auberge, ou plutôt de l'emplacement de l'auberge de l'*Image*, aujourd'hui occupé par la Société des Petites Affiches (1).

Peut-être quelques personnes se souviennent-elles d'avoir vu rue Montesquieu un magasin de nouveautés appelé le *Pauvre-Diable*. Il aurait fait vis-à-vis au côté sud de l'ancienne *Image Notre-Dame*, si elle eût encore existé.

Le *Pauvre-Diable* et son voisin le *Coin-de-Rue* ont été dévorés par l'ogre bien connu des grands magasins du Louvre. Quant à l'*Image Notre-Dame*, nous avons dit qu'elle n'avait pas attendu la Révolution pour disparaître, puisqu'on n'en trouve plus trace à la fin du XVIIe siècle, mais je considère comme certain qu'elle s'élevait sur l'emplacement de la maison portant actuellement le n° 13 de la rue Croix et le n° 6 de la rue Montesquieu.

(1) M. H. Poirié, directeur de cette Société, a très obligeamment mis à notre disposition les plans de sa maison et du cloître Saint-Honoré, dont nous donnons une reproduction. Nous tenons à l'en remercier publiquement.

Ce logis était, en 1600, une sorte d'hôtel meublé où les gens de province, et même les gens suivant la Cour, louaient une ou deux pièces à l'année. Cette considération et quelques lignes d'une lettre de Malherbe, où il vante la gaîté du quartier et déclare se plaire beaucoup dans son logis, permettent de croire qu'il habitait sur la rue, et comme il l'écrit, devant la Croix.

Il avait pour vis-à-vis deux hôtels : l'hôtel du Lude et l'hôtel d'Aubray, où la Brinvilliers accomplit plus tard tant d'empoisonnements célèbres. Le passage Véro-Dodat a coupé en deux l'hôtel d'Aubray.

Les trois plans cités plus haut (Mérian, Tavernier, Jean Boisseau), montrent le derrière d'une maison dont la façade regarde la Croix des Petits-Champs. La concordance de cette reproduction dans les trois plans est telle qu'on ne peut l'attribuer ni au hasard, ni à la fantaisie, ni au plagiat. Le logis a un étage; dans un angle, une tourelle servait sans doute de cage d'escalier. C'est celui de l'*Image Notre-Dame*.

L'appartement de Malherbe était aussi simple que le logis. On y trouva un jour le poète en courroux contre les vents coulis et occupé à calfeutrer les portes et les fenêtres avec de la serge. Pour sièges, des chaises de paille, et encore en petit nombre; quand elles étaient occupées, on n'ouvrait plus à de nouveaux visiteurs. C'est cependant cette chambre, comme l'a très bien dit M Arnould, cette simple chambre ressemblant plutôt à celle d'un écolier qu'à celle d'un maître, qui a vu s'accomplir une réforme capitale de la poésie française, dont les moindres effets devaient durer deux siècles (1).

Un homme dont je suis heureux de porter le nom, P.-A. Lair, fut le promoteur de l'heureuse idée de poser sur la maison de Malherbe, à Caen, la plaque où on lit : *Ici naquit Malherbe en 1555.*

Il ne serait pas téméraire de demander au Comité des Inscriptions parisiennes de conserver le souvenir que je viens d'évoquer devant vous et d'apposer sur la maison des Petites-Affiches, rue Croix, une autre plaque où on lirait : *Ici vécut Malherbe, de 1606 à 1627.*

Aussi bien on ne pourrait pas rendre au poète un semblable hommage sur les murs de la maison où il mourut et où il s'était retiré chez son parent, de Chandeville. Elle s'élevait rue des Fossés-Saint-Germain, en face de l'hôtel de Longueville. Mais où sont la rue et l'hôtel ? Leur situation correspond à la petite place située devant la nouvelle mairie du 1er arrondissement, en face du presbytère de Saint-Germain-l'Auxerrois.

Les obsèques de Malherbe furent célébrées avec grande cérémonie. La garde, qui veillait aux barrières du Louvre, vit passer son cortège, et son

(1) *Racan*, par M. Arnould, p. 157.

corps fut enterré dans les caveaux de l'église de Saint-Germain-l'Auxerrois.

Les registres de la paroisse nous apprennent que son neveu, Éléazar de Chandeville, fut inhumé dans la même église.

Quel est l'emplacement exact du tombeau du poète? On ne sait au juste ; on parle de la chapelle Saint-Laurent. Il existe aux Archives nationales un plan des chapelles de l'église Saint-Germain-l'Auxerrois que l'on pourrait consulter.

C'est encore une recherche à faire, sans aller toutefois jusqu'à ces fouilles presque impies dont on a vu de récents exemples. Malherbe, certainement, préférerait des travaux consacrés à sa mémoire, comme ceux de notre savant confrère, M. Gasté, ou de l'éloquent académicien, M. le duc de Broglie. Ce sont là les évocations permises, celles de l'esprit évoquant l'esprit.

APPENDICE

La première mention de *l'Image Notre-Dame,*
connue de nous, se trouve dans un acte du 28 novembre 1419 :

Vente au Chapitre, par Thomas de Milly, changeur
et bourgeois de Paris, de six livres de rente qu'il avait
à prendre... sur une maison et jardin derrière, assise à
Paris en la rue des Petits Champs, près de la dite
église St Honoré, qui jadis fut Hugues du Boys,
escuier, eschançon du Roy... depuis à Jacques Le Noir
et Marie sa femme ;... depuis à Jehan Bonne Gent
drappier, et Alphonsot Tartier, maçon, en laquelle a de
présent trois maisons et trois jardins, en l'une desquelles
pend l'enseigne « l'Ymaige Nostre Dame. » (Arch. nat.,
S, 1828.)

Dans l'acte suivant, on ne trouve pas le nom de
l'Image, mais nous ne doutons pas qu'il s'agisse de
notre maison.

14 juin 1474. Vente d'une maison à demi pignon
avec vis hors d'œuvre, par laquelle l'on monte és
chambres d'icelle maison, petit jardinet et puits mitoyen,
ayant appartenu à Pierre Jarbet, en la rue des Petits-

Champs, à l'opposite de la Croix Estienne de Bon puys.

Une maison à demi pignon était une maison partagée en deux. La vis en dehors est un escalier en dehors de la maison. Dans les plans que nous reproduisons, on voit une tourelle qui répond à la description de la vis en dehors.

Il est probable qu'on aura rebâti l'escalier au même endroit; car, en 1518, la maison de l'*Image Notre-Dame* était considérée par ses propriétaires, les chanoines, comme un de ces lieux *vides et abandonnés* de leurs détenteurs, dont on remettait l'emplacement en adjudication.

Le dispositif du décret suivant fournit divers détails intéressants :

21 février 1518. Decret par Gabriel, baron et seigneur d'Alègre, garde de la prévosté, déboutant divers créanciers de leurs oppositions à la vente d'une maison sur laquelle restaient dûs divers droits... « Comme les chantres, chanoines et chappitre de l'Esglise St Honnoré à Paris eussent fait mettre en criées par vertu de prévillège Royal piéça donné aux bourgoys, manans et habitans de la ville et faulxbourgs de Paris, sur le faict des maisons et lieux vuides, vagues, ruyneux et inhabitez, assis en ladite ville et faulxbourgs d'icelle, une maison a appentis sur rue, de fons en comble, long et lé, jardin derrière, où est pour enseigne contre le mur l'Ymage Nostre-Dame, qui fut et appartint à feu

Martin Le Vacher, en son vivant sergent a cheval du Roy nostre dit seigneur au Chastellet de Paris, les lieux ainsi qu'ils se comportent et extendent de toutes parts avec leurs appartenances et deppendances quelzconques, tant de présent que d'ancienneté, les dits lieux assis en ceste ville de Paris, rue des Petits-Champs, tenant d'une part en partie auxdictz chanoines de St Honnoré, et d'autre part aux maistres et gouverneurs du St Esperit en Grève, aboutissant par derrières aux jardins et appartenances desdictz de St Honoré ». (Arch. nat., S, 1828.)

Nous verrons bientôt que la maison appartenant aux maîtres et gouverneurs de l'hôpital du Saint-Esprit en Grève se trouvait mitoyenne de l'Image N.-D. du côté du sud, c'est-à-dire, du côté de la rue Saint-Honoré.

Un acte du 14 mars 1549 aide à préciser la situation de l'auberge, c'est une « Reconnaissance par Jehan Daubonnet, marchant freppier, qu'il est détenteur et propriétaire d'une maison et court derrière, assise à Paris, rue des Petits-Champs, tenant d'une part à une maison appelée l'Image Notre-Dame, appartenant à ladite église, et d'autre à une maison appartenant aux héritiers de feu Jean Jouan, en son vivant chanoine de St Germain l'Auxerrois. » (Arch. nat., S, 1828.)

Jean Daubonnet était le voisin mitoyen, au nord.

On retrouve son nom dans l'acte suivant, sans date, mais visiblement contemporain du précédent.

« Au commencement de laquelle rue (des Petits-Champs), depuis la petite porte dudict cloistre, y a quatre maisons qui sont semblablement du propre desdictz deffendeurs, pour leur dicte censive de ce costé commancer en une maison appartenant à l'hospital du S Esprit en Grève, et sur icelle avoir droict de prandre par chascun an deux solz parisis de cens. Sur une aultre maison ensuivant appartenant à Pierre et Guillaume Daubonnet, aussi chargée de douze deniers parisis de cens.

Sur une aultre maison ensuivant, appartenant à Jehan Bazanier, aussy chargée de douze deniers parisis de cens.

Plus sur l'aultre maison ensuivant et appartenant à la veuve de feu Monsieur Maynier, chargée de six solz parisis de cens.

Sur une aultre maison ensuivant, appartenant à Marie Morin, aussy chargée de trois solz parisis de cens.

Sur une aultre maison ensuivant, appartenant à Thomas Boursault, chargée de deux solz parisis de cens. » (Arch. nat., S, 1824, 1836.)

Cette déclaration ne fait pas mention de l'Image Notre-Dame et ne parle que des deux voisins, l'Hôpital du Saint-Esprit et Daubonnet, soit qu'il y ait omission dans la copie, soit que la maison de l'Image ait momentanément appartenu à l'un ou à l'autre des voisins. Une omission est plus vraisemblable.

En effet, nous avons un plan très curieux et de

cette même date, et on verra que la maison de l'Image y figure, de même qu'elle est dénommée dans un acte du commencement du XVIIe siècle.

« Déclaration des maisons étant dans le fief des Treize Arpents. Remontant dudict coing dans la rue des Petits Champs joignant la dite maison ci-devant mentionnée à la porte dudit cloistre, depuiz laquelle y a cinq petites maisons dudit cloistre, aboutissant sur la dite rue des Petits Champs et ayant leur entrée dans ledit cloistre. »

Suivent quatre autres maisons appartenant à la dite église ;

Une maison appartenant à François de Sur, mareschal, estant au lieu dit Gouvernement du St Esprit ;

Une autre maison joignant la précédente, où pend pour enseigne l'Image Nostre-Dame appartenant au dit chapitre.

Puis deux maisons avant l'hôtel de la Bazinière. (Arch. nat., S, 1824.)

4 juin 1610. Titre nouvel constatant l'acquisition par François de Sur, mareschal, d'une maison rue des Petits Champs tenant d'une part à la maison où pend pour enseigne l'image Notre-Dame sur la porte. La dite maison acquise de MM. du St Esprit. (Arch. nat., S, 1829.)

Cette maison fut vendue à Jean Durban, maréchal, le 30 novembre 1658.

Or, sur le plan de 1584 que nous publions, on voit

très nettement un détail caractéristique du métier de maréchal, c'est-à-dire ce petit enclos où l'on place le cheval, et qu'on appelle *le travail*.

20 janvier 1629. Bail pour six ans à « Anne Graffart, veuve de feu Françoys Germain, vivant bourgeois de Paris, demeurant en la maison cy après déclarée et Balthazard Pinot, aussi bourgeois de Paris, demeurant rue du Bouloir, paroisse S' Eustache, et Catherine Porcher, sa femme de luy authorizée aux présentes, prenans pour eulx et le survivant d'eulx audit tiltre et ledit temps durant une maison et ses appartenances, comme elle se poursuit et comporte, assize à Paris rue des Petits-Champs, en la quelle pend pour enseigne l'Image Notre-Dame ; de plus ample déclaration les preneurs se tiennent contents pour y estre par ladite veuve Germain demeurante » (500 livres, prix de loyer). (Arch. nat., S, 1831.)

Il s'agit maintenant de déterminer avec précision la situation de l'Image Notre-Dame.

3 mai 1650. Procès-verbal d'alignement dressé par Jacques Bougault, commis par MM. les Présidents, Trésoriers de France, Généraux des finances et grands voyers à l'exercice de la voirie de la dite ville.

« Certifie à tous qu'il appartiendra m'estre transporté en la rue des Petits-Champs, proche et devant la Croix, au devant de quelques maisons qui sont de présent en masures, appartenans aux vénérables chanoines et chappitre de l'église S¹ Honoré à Paris pour donner audit chappitre les alignements, les pieds de mur... des maisons que lesdits sieurs chanoines désirent faire bastir et relever de neuf sur le devant de ladite rue des Petits-Champs ».

Ces maisons sont mitoyennes avec celle appartenant à Laurence Dolbec, veuve de feu François de Sur, mareschal. (Arch. nat., S, 1824.)

Nous donnons ensuite une déclaration de 1703, où il n'est plus question de l'*Image Notre-Dame*, mais seulement de la maison du maréchal, Durban, (ex de Sur). Cette déclaration, comprenant les immeubles jusqu'à l'hôtel de Maulévrier (ex La Basinière), permet de retrouver exactement l'emplacement de l'*Image*, la première maison suivant celle de Durban.

Déclaration du Chapitre S¹ Honoré au Terrier du Roy.

« ..... Plus deux maisons en laditte rue des Petits-Champs, dont la première joint celle de l'encoignure, aussy adossée audit cloistre. Plus le passage qui mène audit cloistre par la rue des Petits-Champs, estant au-dessous d'une des maisons canonialles scituées dans ledict cloistre du côté de ladicte rue.

Plus sur quatre autres maisons scizes en la rue des Petits-Champs, la première desquelles tient à l'une des maisons canonialles du costé de laditte rue et la dernière tient à celle cy après déclarée.

Plus sur une maison suivante en la même rue, appartenante aux héritiers Durban, chargée de deux solz six deniers de cens, et dix sols de rente foncière.

Plus deux maisons suivantes, aussy en ladite rue des Petits-Champs et appartenantes audit chapitre.

Plus sur deux autres maisons en lad. rue des Petits-Champs en montant, lesquelles appartiennent audit chapitre St Honoré, tenantes d'une part à celle desdits héritiers Durban, d'autre à la maison suivante et abboutissant par derrière aux maisons dudit cloistre.

Plus sur un grand hôtel scitué en la mesme rue appartenant aux enfans de feue Mme de Maulévrier, chargé de unze sols, trois deniers de cens (1) ».

Plan de 1783 qui doit être joint au mémoire de l'adaptation des titres du fief Saint-Honoré, dit des Treize Arpens, appartenant à MM. du Chapitre Saint-Honoré. Voir sa reproduction.

———

A ce plan on a aussi adapté le plan et le procès-verbal de bornage fait en vertu des arrêts de la Cour du Parlement, des 16 mai et 18 avril 1640,

... contre Monseigneur François de Gondy, archevêque de Paris, pour raison de l'étendue de leurs censives. (Arch. nat., S, 1824.)

Le numéro 13 de ce plan, Hôtel de M. de Juigné, ex-Hôtel Maulévrier et de la Basinière, correspond

---

(1) L'Hôtel de Maulévrier est le même que l'Hôtel de la Basinière.

exactement au n° 21 de la rue Croix-des-Petits-Champs.

Par suite, les n°s 12, 11, 10 du plan correspondent aux n°s 19, 17 et 15 de la même rue.

Le n° 10 est occupé par un boulanger et, à une époque ancienne, a fait partie du lot sur lequel était située l'auberge de Notre-Dame.

Ainsi, la maison occupée par les Petites Affiches est bien élevée sur l'emplacement des maisons 7 et 8 du plan de 1783, reproduit vers 1793, c'est-à-dire sur l'emplacement de l'hôtel où habita Malherbe.

Les voisinages anciens s'établissent comme suit :

1518. — Maison du Saint-Esprit.
          Image Notre-Dame.
          Maison du Chapitre Saint-Honoré.

1549. — Image Notre-Dame.
          Daubonnet.

1584. — De Sur (Maison du Saint-Esprit).
          Daubonnet.
          Basanier.
          Mainier.
          Morin.
          Boursault.

1600. — De Sur (Saint-Esprit).
          Image Notre-Dame.
          Flamin (ex Daubonnet).
          Basanier.
          La Basinière (ex Maynier).

La Basinière (ex Morin).
Lippe (ex Boursaut).

1610. — De Sur (Saint-Esprit).
L'Image Notre-Dame.

1618. — De Sur.
Garsalan (Image Notre-Dame).

1650 — Durban (ex De Sur).
Image Notre-Dame.
Maison.
Maison,
Hôtel de la Basinière.

1703. — Durban.
Maison, ex Image Notre-Dame
Maison.
Maison.
Hôtel de Maulévrier.

EXPLICATION DES PLANS.

PLAN DU FIEF DES 13 ARPENTS. 1584. *(Arch. nat.,
S, 1824.)*

Pour l'intelligence de ce plan, j'y ai fait tracer la
rue Montesquieu, qui aboutit sur la rue Croix-des-
Petits-Champs, à la maison dite du Saint-Esprit,
parce qu'elle appartenait, pour la construction, à
l'hôpital de ce nom. Cette maison est celle qui était
occupée par de Sur, maréchal ferrant, et sur la façade, à droite de la porte, on voit *le travail.*

A droite de cette maison, en face la Croix. se
trouve l'*Image Notre-Dame.* L'image est assez mal
figurée au-dessus de la porte.

Suivent sept maisons occupées en 1600 par Flamin
(ex-Daubonnet), Basanier, La Basinière (ex-Maynier),
La Basinière (ex-Morin), etc.; ces deux dernières
maisons réunies ont formé l'hôtel de La Basinière.

PLAN DE MATHIEU MÉRIAN (1615).—Remarquer, en
face la Croix, un grand bâtiment dont on ne voit que
le côté sur cour; à droite une tourelle à toit aigu, qui
devait servir de cage d'escalier.

PLAN MELCHIOR TAVERNIER (1630).— Cette même
maison s'y trouve et nous l'avons marquée d'une
croix.

PLAN DE J. BOISSEAU (1654).— La maison s'y voit

encore, mais non la tourelle. Toutefois, on remarque le terrain en retour que Berty fait figurer sur son plan comme une dépendance de l'*Image Notre-Dame*. V. le point marqué d'une croix.

Plan de Gomboust (1652). — Gomboust n'a fait figurer sur son plan que les monuments et les hôtels. Remarquer les hôtels de la Basinière, d'Aubray, etc. V. au coin de la rue du Bouloi la croix reportée contre la maison d'angle.

Plan de 1794, reproduisant un plan de 1784.

La maison marquée d'une croix simple et sur laquelle passe le tracé de la rue Montesquieu projetée est celle qu'occupait le maréchal ferrant, de 1584 à 1650.

La maison à gauche, divisée en deux, avec un puits commun au milieu d'une cour, occupe l'emplacement du logis de l'*Image Notre-Dame*.

A gauche encore (deux petites croix), on voit la maison du boulanger (n° 15 de la rue Croix-des-Petits-Champs).

Puis deux maisons (n°s 17, 19), puis enfin l'ex-hôtel de la Basinière.

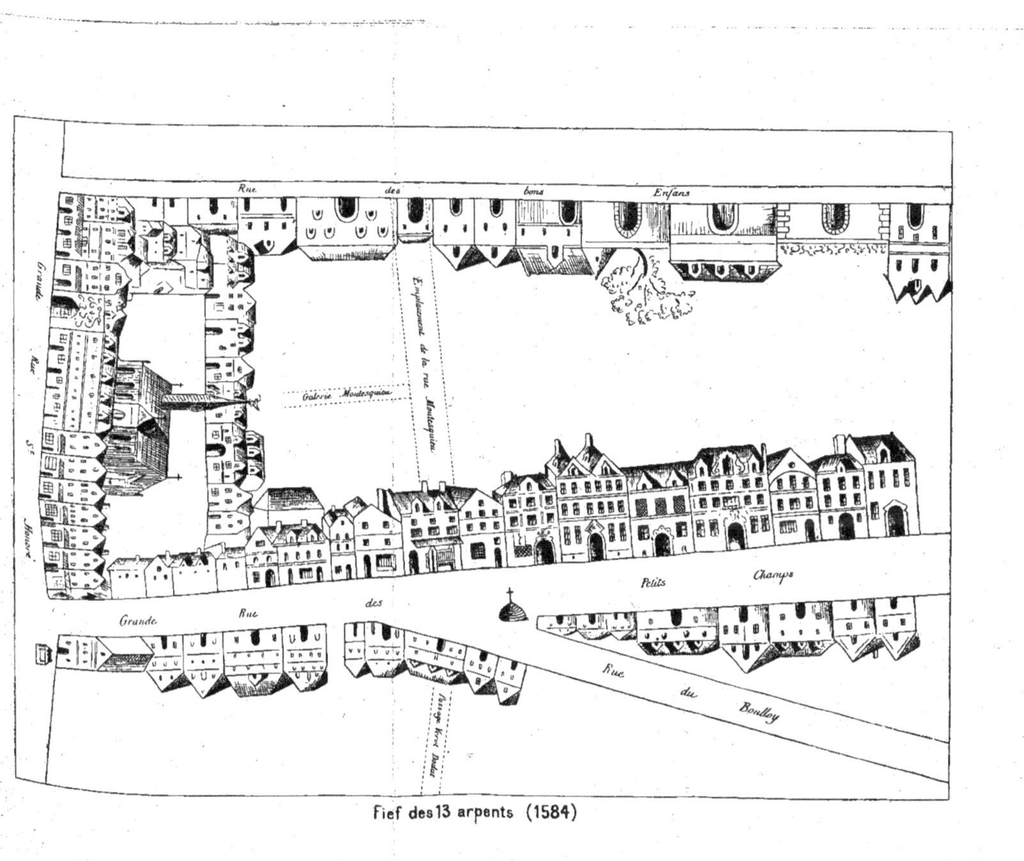

fief des 13 arpents (1584)

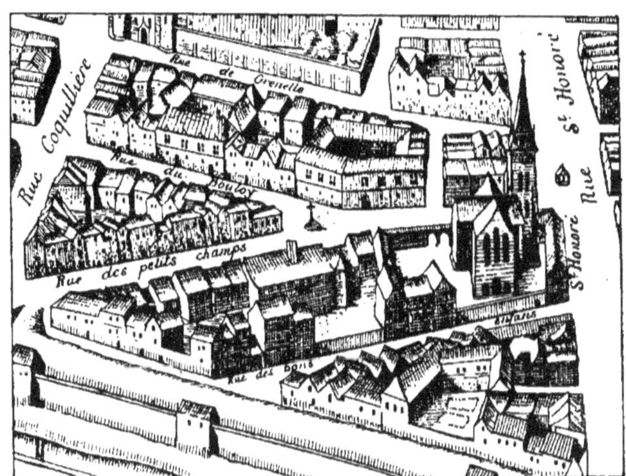

Plan de Mathieu Mérian (1615)

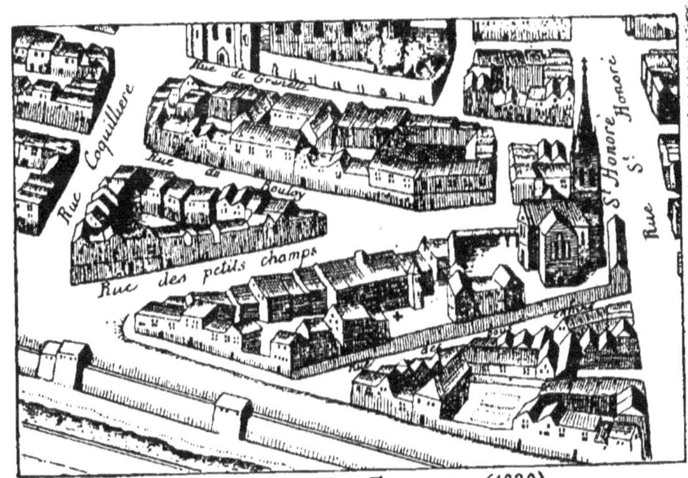

Plan de Melchior Tavernier (1630)

Plan de J. Boisseau (1654)

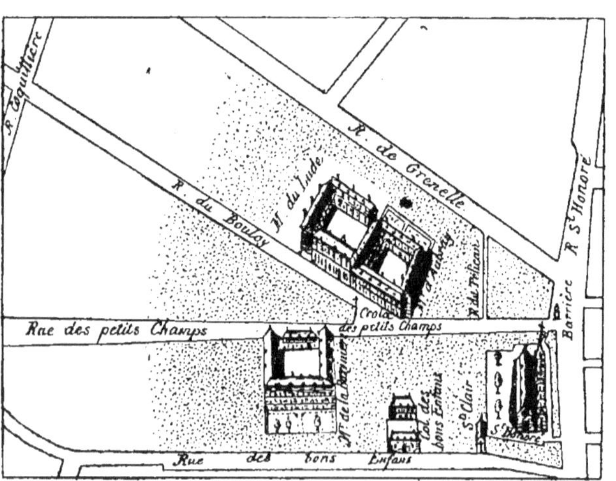

Plan de Gomboust (1652)

Rue du Boulay
Carrefour
du Boulay
Rue du Pélican
Rue
Croix
des
Petits
Champs
Honoré
Passage
Eglise
St Honoré
Honoré
Passage
Cloître
Rue
Rue
des
Bons
Enfans

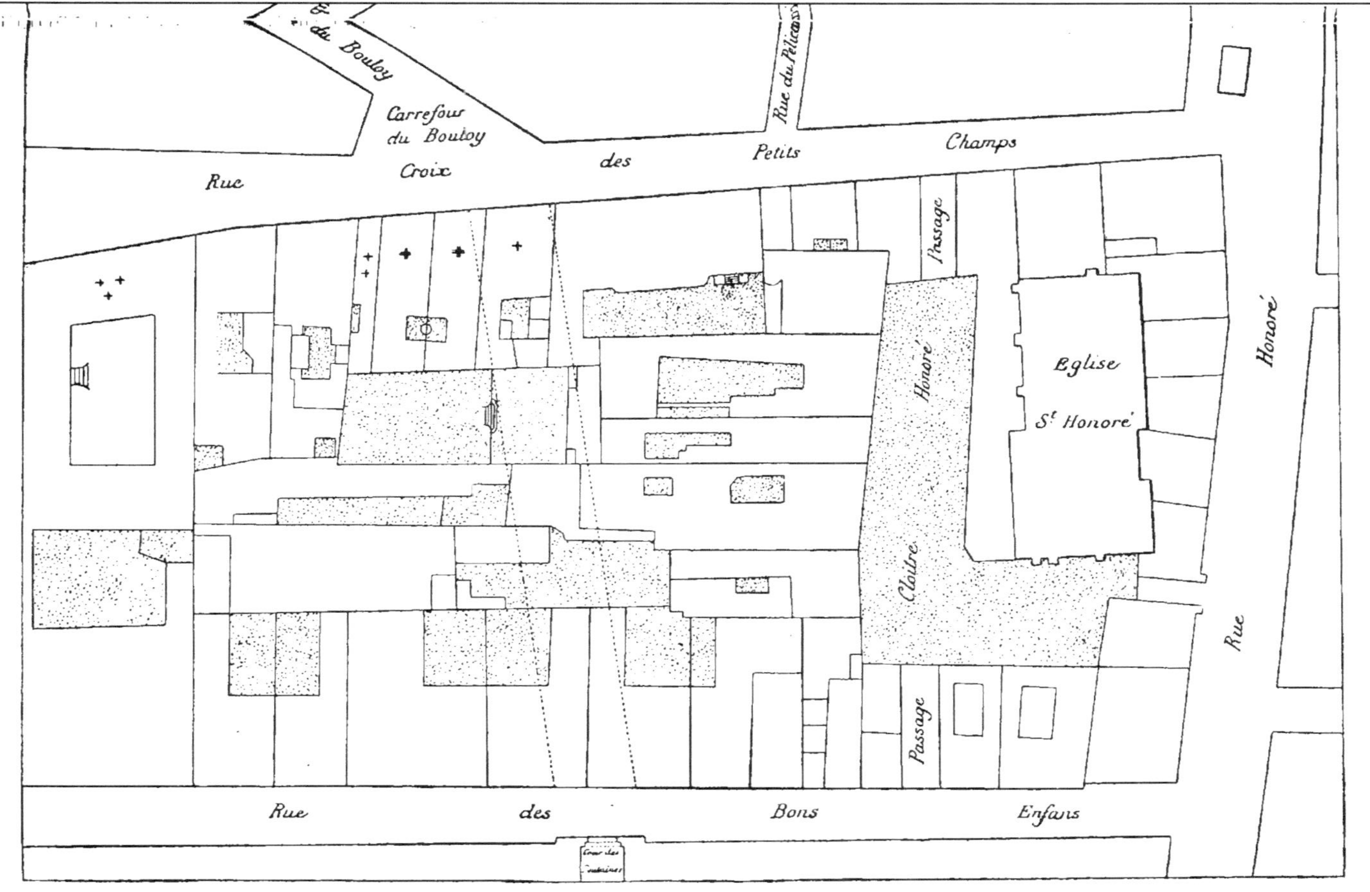

Plan de 1794.

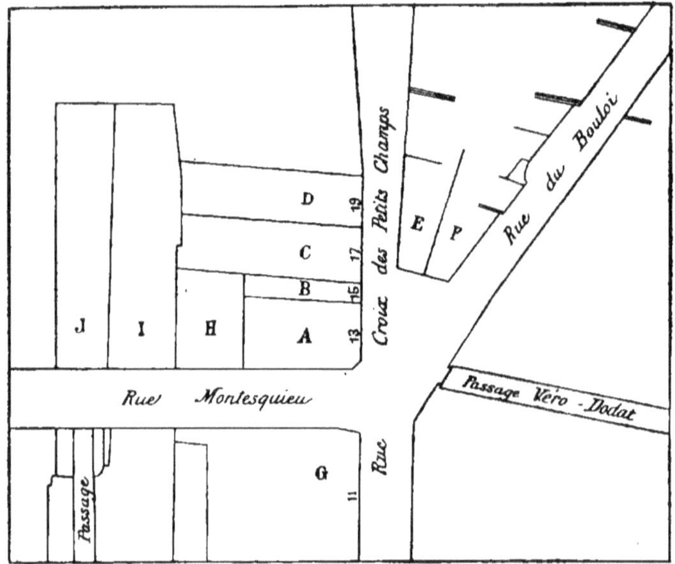

Plan actuel.

A. Maison des Petites Affiches, ex-logis de l'*Image Notre-Dame*.

B. Maison du boulanger.

C }
D } Autres maisons rue Croix.

E. Maison qui a pour enseigne: *A la Croix-Blanche*.

F. Pharmacien.

G. Maison occupée par la Cie des Entrepôts et Magasins généraux de Paris.

H. Boucherie Montesquieu.

I. J. Restaurant Montesquieu.

Caen. — Impr. H. Delesques, rue Froide, 2 et 4.